LE PALAIS DE FLORE

BALLET.

DANSE' A TRIANON
le Janvier 1689.

A PARIS,
Par CHRISTOPHE BALLARD, ſeul Imprimeur du Roy pour la Muſique.

M. DC. LXXXIX.

Par exprés Commandement de Sa Majeſté.

ARGUMENT.

LE ROY, entre les autres marques de ſon extréme ſatisfaction au Retour de MONSEIGNEUR LE DAUPHIN, a voulu luy donner une Feſte dans cét agreable Palais que l'on a tant de raiſon de nommer le Palais de Flore. Les Nayades & les Silvains de Trianon ſe réjoüiſſent du glorieux Retour de ce Prince. La Renommée qui a publié ſes Victoires, Minerve & Bellonne qui l'ont accompagné dans ſon expedition, viennent ſe repoſer dans ces beaux lieux où il eſt attendu. Flore qui y regne fait des Guirlandes de Fleurs pour le Couronner. Diane vient l'inviter à reprendre les Plaiſirs de la

Chaſſe. La Gloire luy apporte les prix qu'il a meritez. La Joye & les Plaiſirs s'empreſſent d'aſſiſter a cette Feſte. On a eu fort peu de temps pour la preparer ; mais l'heureuſe occaſion qui la produit, le choix du lieu où elle ſe fait, & les Princeſſes qui la compoſent, doivent ſuppléer avantageuſement tout ce qu'on auroit pû trouver avec plus d'art & de loiſir.

PERSONNAGES.

ROUPE DE NAYADES chantantes.

TROUPE DE SILVAINS chantants & danſants.

LA RENOMMÉE.

MINERVE.

BELLONNE.

NIMPHES DE FLORE chantantes & danſantes.

ZEPHIRS *danſants.*

FLORE.

DIANE.

TROUPE DE NIMPHES DE DIANE dançantes.

Deux Nimphes de Diane chantantes.

ENDIMION, CEPHALE, HYPOLYTE } *Chaſſeurs chantants.*

TROUPE DE CHASSEURS chantants & danſants.

LA GLOIRE.

TROUPE D'AMAZONES chantantes & danſantes.

PENTESILÉE, ANTIOPE, } *Amazones chantantes.*

TROUPE DE HEROS chantants & danſants.

ULYSSE, CYRUS, } *Heros chantants.*

LA JOYE.

TROUPE DE PLAISIRS danſants.

TROIS PLAISIRS chantants.

Grand Chœur.

Meſſieurs Antonio, Favalli, Tomaſſo, Joſeph, Pieche, Touvier, Aubert, Dufay, Mouſſard, Bury, le Maire, la Biſodiere, Deſplanis, Rebel, Valency, Gingant, Develois, le Mire, Bernard, Tiphaine L. Tiphaine C. Langlois, Marcandiere, de Brienne, Duhamel, Gaye, Antequil, David.

LE PALAIS DE FLORE

BALLET.

LE Palais de Flore & le Printemps eternel qui jusques à present n'avoient esté que dans l'imagination des Poëtes, se trouvent veritablement icy. Le Theatre de Trianon ne sçauroit avoir de plus superbe decoration que Trianon mesme. L'éclat des Marbres, & les beautez de l'Architecture attachent d'abord la veuë sur cette grande Façade appellée le Periſtile; & le plaiſir redouble lorſque par les ouvertures de ſes Arcades, entre pluſieurs rangs de riches Colonnes, on découvre ces Fontaines, ces Jardins, & ces Parterres toujours remplis de toutes ſortes de Fleurs. On ne ſe ſouvient plus qu'on eſt au milieu de l'Hiver, ou bien l'on croit avoir eſté tranſporté tout d'un coup en d'autres Climats, quand on voit ces delicieux objets qui marquent ſi agreablement la demeure de Flore.

PREMIERE

PREMIERE ENTRE'E.

Vne Nayade chantante, Mademoiselle Brion.

Huit Nayades chantantes.

Mesdemoiselles Ferdinand l'aisnée, Ferdinand cadette, Moreau, la Traverse, Turpin, Pieche, Dorothée, Levesque.

Huit Silvaims chantans,

Messieurs Le Roy, Philippe, Clediere, Miracle, Brossart, Moreau, Lombard, Guillegaut.

Six Silvains dansants.

Messieurs Faüre, Favier cadet, Bouteville, Germain, Barazé, la Montagne.

UNE NAYADE.

C'Est l'ordre de LOVIS; signalons nostre zele
Au Retour du HEROS que son amour rappelle.

Chœur de Nayades & de Silvains.

O doux momens! ô favorable Jour!
Du DAVPHIN triomphant celebrons le Retour.

Les Silvains dansent.

Chœur de Nayades & de Silvains.

Chantons, danſons ;
Que l'Echo réponde
A nos Chanſons.
Que l'onde
S'élance dans les Airs ;
Que ſon bruit réponde
A nos Concerts.

Chœur derriere le Theatre.

Victoire, Victoire, Victoire.

LA RENOMMÉE, Mademoiſelle Varango.

J'ay franchy les Monts & les Mers,
Je viens d'apprendre à l'Univers
Des ſuccés qu'il ne pouvoit croire.
L'auguſte HEROS des François
Trouve un Imitateur de ſes fameux Exploits.

CHOEUR.

Victoire, Victoire.

LA RENOMMÉE.

Sur ces bords où LOUIS triompha mille fois,
Son Fils ſuit aujourd'huy les traces de ſa Gloire.

Tous ensemble.

Sur ces bords où LOUIS triompha mille fois,
Son Fils suit aujourd'huy les traces de sa Gloire.
Victoire, Victoire, Victoire.

CHOEUR.

O doux momens! ô favorable Jour!
Du DAUPHIN triomphant celebrons le Retour.

MINERVE, BELLONNE.

MINERVE Mademoiselle de la Lande.

FLore tient icy son Empire,
Ses dons precieux
Y charment les yeux,
Et parfument l'air qu'on respire:
Nostre jeune HEROS dans ces Lieux favoris
De ses heureux Exploits va recevoir le prix.

Reposons-nous, fiere Bellonne,
Le Nekre & le Rhin sont soûmis.

Que LOUIS parle, qu'il ordonne,
On voit tomber les Ramparts Ennemis;
Mais le plus grand plaisir que ce succés luy donne,
C'est de voir triompher son Fils.

BELLONNE, Mademoiselle Rebel.

Minerve, vos ſoins fidelles
Ont guidé ce jeune Vainqueur,
Vous imprimez dans ſon cœur
De l'Autheur de ſes Jours les Vertus immortelles.

MINERVE & BELLONNE.

Ah! quel bonheur pour ce Fils genereux
D'avoir ce parfait Modelle!
O Pere trop heureux
D'en voir une Image ſi belle!
Ah! quel bonheur pour ce Fils genereux!
O Pere trop heureux!

CHOEUR.

Ah! quel bonheur pour ce Fils genereux!
O Pere trop heureux!

MINERVE.

Pour faire à l'Univers connoître un Fils qu'il aime,
Pour le rendre à ſon tour & craint & renommé,
LOUIS retient ce bras à vaincre accouſtumé,
Et s'eſt privé de triompher Luy-meſme;
Il donne à ce cher Fils ſon Sort victorieux,
Sa Puiſſance ſupreſme,
Ses Conſeils, ſon Eſprit, ſon Exemple, & ſes Dieux.

BELLONE.

Au ſeul nom de LOVIS toute la Terre tremble.
Et que feront encor cent Peuples étonnez
De voir un Fils qui Luy reſſemble ?
Nous Les verrons tous deux, nous Les verrons enſemble
Vainqueurs fortunez
Au bout du Monde couronnez.

MINERVE.

Vous, Nimphes de Flore,
Vous, agreables Zephirs,
Parez, ornez ces lieux, qu'ils ſoient plus beaux encore,
De ce grand Roy ſecondez les deſirs.

NIMPHES DE FLORE ET ZEPHIRS.

UNE NIMPHE DE FLORE,
Mademoiſelle Guignard.

Sejour pompeux & tranquille
Où nous paſſons les jours ainſi que des moments,
Fontaines, Iardins, Periſtile,
Palais plein d'agréemens,
Dont la Royalle main à qui tout eſt facile
Dans ſes nobles delaſſemens
A tracé les ornemens,
Montrez, montrez tous vos attraits charmans.

DEUXIE'ME ENTRE'E.

FLORE, MADEMOISELLE DE BLOIS.

Deux Nymphes de Flore, Mademoiselle d'Armagnac, Mademoiselle de la Vrillere.

Quatre Zephirs dançants.
Charpentier fils, Balon, Magny fils, Blondy.

Une Nymphe & un Zephir chantans.
Mad[lle]. Guignard, M[r]. Matos.

A L'aspect de Flore
Hastez-vous d'éclore.
Venez en ses belles mains,
Moissons odorantes,
Richesses riantes,
Roses, Iasmins,
Anemones, Amarantes.
Aimables fleurs venez orner
Le front victorieux qu'elle veut couronner.

NIMPHE, Mademoiselle Chappe.

Tout fleurit sur nos rivages
Nos Iardins sont toûjours verds.
Iamais de tristes Hivers
Nous ne sentons les outrages.
Nostre Printemps dure toûjours.
Nous n'avons que de beaux jours.

Premiere Nymphe.

Que l'ame est icy contente.
Tout nous rit, tout nous enchante.
Le Ciel répand sur nous
Ce qu'il a de plus doux.

Dans ces Retraittes aimables
Les biens sont purs & durables.
Le Ciel répand sur nous
Ce qu'il a de plus doux.

Chœur.

Le Ciel répand sur nous
Ce qu'il a de plus doux.

Chœur de Nymphes & de Zephirs.

A L'aspect de Flore
Hastez-vous d'éclore.
Venez en ses belles mains,
Moissons odorantes,
Richesses riantes,
Roses, Iasmins,
Anemones, Amarantes.
Aimables Fleurs venez orner
Le front victorieux qu'elle veut couronner.

TROISIE'ME ENTRE'E.

DIANE, MADAME LA PRINCESSE DE CONTY.

Quatre Nymphes, Mesdemoiselles la Fontaine, le Sueur, Subligny, du Rieux.

Cinq Chasseurs dançants, Messieurs Favier l'aisné, L'estang, Pecourt, du Mirail, Germain.

Trois Chasseurs chantants, ENDIMION, CEPHALE, HYPOLITE. M[rs]. Jonquet, Godoneche & du Four.

Deux Nymphes chantantes, Mesd[lles]. de la Lande & Rebel.

Huit Chasseurs chantants.
M[rs]. Gillet, de Ville, la Fuillard, Arnoult, Colin, Antoine, Frison, Bassaron.

ENDIMION.

JAmais du haut de sa carriere
Sur ce trosne d'argent dont se parent les Cieux
Diane n'avoit à nos yeux
Répandu tant de lumiere.

Iamais, quand de la nuit perçant les sombres voiles
Elle regne entre les Etoiles,
Elle ne tint mieux à son tour
La place de l'Astre du jour.

Pour

Deux Nymphes de DIANE.

Sur les autels
Qu'Epheſe nous vante
A t'elle ainſi ravy tous les Mortels?
O vous, Delos, vous, Bois d'Erimante
Avez vous pû la voir ſi charmante?
Sur les autels
Qu'Epheſe nous vante
A t'elle ainſi ravy tous les Mortels?

Une NYMPHE, Mad[lle]. de la Lande.

Nymphes diligentes,
Qui ſuivez les loix
De la Déeſſe des Bois,
Renouvellons les Chaſſes triomphantes
Où de ſes attraits
Diane embellit nos Foreſts,
Renouvellons nos Feſtes éclatantes.

Et vous qui du repos dedaignez la douceur,
Chaſſeurs tant celebrez, venez ſur ce rivage
Voir l'Heroïque Chaſſeur
A qui vous devez voſtre hommage,
Loin des affreux dangers occupez ſon loiſir
Par un noble plaiſir.

CEPHALE.

Le Dain timide & la Biche ſauvage
N'évitoient jamais
L'atteinte de mes traits.
Mais de ſes dards il fait un autre uſage,
Il abat ſous ſes coups fameux
Des Peuples belliqueux.

HYPOLITE.

J'exerçois comme luy dans les Bois ſolitaires
Ces vertus ſinceres
Qui regnent parmy les Silvains
Loin du commerce des Humains.
Mais je n'ay point appris, en cét eſtat paiſible,
A forcer des ramparts;
J'ignorois les vertus que ſon cœur invincible
Exerce aux champs de Mars.

Chœur de Nymphes & de Chaſſeurs.

Renouvellons les Chaſſes triomphantes
Où de ſes attraits
Diane embellit nos Foreſts,
Renouvellons nos Feſtes éclatantes
De ce jeune Heros occupons le loiſir
Par un noble plaiſir.

QUATRIESME ENTRE'E.

LA GLOIRE. MADAME LA DUCHESSE.

Trois Amazones.

Madame de Valentinois, Madame de Florensac, & Mademoiselle d'Usez.

Deux Amazones chantantes Pentesilée & Antiope.

Mesdemoiselles La Lande & Guignard.

Huit Amazones chantantes.

Mesdemoiselles Ferdinand l'aisnée , Ferdinand cadette, Moreau, la Traverse, Turpin, Pieche, Dorothée, Levesque.

Deux Heros chantants.

Vlisse, Monsieur Morel. *Cyrus*, Monsieur Cebret.

Huit Heros chantants.

Messieurs le Roy, Philippe, Clediere, Miracle, Brossard, Moreau, Lombard, Guillegaut.

Quatre Heros dansants.

Messiéurs Lestang, Favier l'aisné, Pecourt, du Mirail

PENTESILE'E.

Reine des grandes ames,
Unique Objet des plus nobles Vainqueur
Gloire, qui de tes belles Flames
Brusles sans cesse leurs cœurs ;
Toy qui leur fais trouver une vie immortelle,
Toy du plus Grand des Roys la compagne fidelle

Et qui l'as couronné de tes plus dignes prix ;
Dans ce parfait HEROS tu vois un tendre Pere,
Tu luy deviens encor plus chere
Lorsque tu couronnes son Fils.

CHOEUR.

O Gloire éclatante !
Gloire brillante !
Nous suivrons toûjours tes pas.

O Gloire charmante !
Nous suivrons jusqu'au trépas
Tes triomphans appas.

ANTIOPE.

Prince heureux, le DAVPHIN t'imite ;
Tes premiers Sujets
Sont ceux qu'un plus beau Zele excite
A suivre tes nobles projets.

Ces Princes brillants de ta gloire,
Ces HEROS formez de ton Sang ;
Comme auprés de ton Trosne, au Temple de memoire
Tiennent le premier rang.

CHOEUR.

O Gloire brillante !
Gloire charmante !
Nous suivrons jusqu'au trépas
Tes triomphans appas.

PENTESILE'E.

Vous que la Gloire a jadis couronnez,
Venez, Heros, venez,
Voyez pour nos Guerriers quel triomphe s'apprefte
Voyez dans cette heureufe Fefte
Les Prix qui leur font deftinez.

ULISSE.

Quel doux tranfport, ô grand Roy!
De voir un Fils digne de toy!
Que Telemaque ainfi pour mon cœur eut de charmes!
Que je verfay de douces larmes!
Quel doux tranfport, ô grand Roy!
De voir un Fils digne de toy!

CYRUS.

Vn filence profond couvrit ma noble audace,
Dauphin, ainfi que vous dans les fombres forefts,
En s'occupant à la Chaffe,
Cyrus d'un grand deffein déguifa les apprefts;
Remply de ce beau feu dont l'ardeur vous infpire
Je partis du fonds des bois
Pour courir aux plus grands Exploits,
Et renverfer un Empire.

PENTE'SILE'E.

Ces Heros, Gloire immortelle,
Qui s'immolerent pour vous,
Ne vous virent point fi belle
Que vous l'eftes parmy nous;

S'ils ont bravé tant d'allarmes
Pour vostre nom glorieux,
Qu'auroient-ils fait pour les charmes
Que vous montrez à nos yeux?

CHOEUR.

O Gloire éclatante!
Gloire brillante!
Nous suivrons toûjours tes pas.
O Gloire charmante!
Nous suivrons jusqu'au trepas
Tes triomphans appas.

La fureur sanglante
Des cruels combats;
La chaleur brulante,
La froideur glaçante
Des plus affreux climats;
De Bellonne tonnante,
De la foudre devorante
Les bruyants éclats;
De la Terre tremblante
L'horrible fracas,
Ne nous empécheront pas
De suivre tes pas.

O Gloire brillante!
Gloire charmante!
Nous suivrons jusqu'au trépas
Tes triomphans appas.

CINQUIESME ENTRE'E.

La Joye, Mademoiſelle Chappe.

Trois Plaiſirs chantants.

Meſſieurs Jonquet, Matos & Cebret.

Vn Plaiſir danſant, Monſieur Beauchamp.

Quatre autres Plaiſirs danſants.

Meſſieurs Faüre, Bouteville, Germain, Barazé.

FLORE, MADEMOISELLE DE BLOIS.

DIANE, MADAME LA PRINCESSE DE CONTY.

LA GLOIRE, MADAME LA DUCHESSE.

Suitte de Flore.

Mademoiſelle d'Armagnac. Mademoiſelle de la Vrillere.

Quatre Zephirs.

Balon, Blondy, Magny, Charpentier.

Suitte de Diane.

Meſdemoiſelles de la Fontaine, Durieux.

Deux Chaſſeurs.

Meſſieurs du Mirail, Favier l'aiſné.

Suitte de la Gloire.

Deux Amazones. Madame de Valentinois, Mademoiſelle d'Uzés.

Deux Heros.

Meſſieurs Pecourt, Dumirail.

LA JOYE.

LA Joye & les Plaisirs
Viennent en ce beau jour combler tous vos desirs

LA JOYE ET UN PLAISIR.

Les Grandeurs, les Festes pompeuses
Jamais sans nous ne seroient heureuses ;
C'est nous qui dans les Cieux
Presidons aux Festes des Dieux.

TROIS PLAISIRS.

Rien n'est égal aux douceurs
Des Plaisirs qui suivent la Gloire ;
Rien n'est égal aux douceurs
Que la Victoire
Met dans les nobles cœurs.

UN PLAISIR. Monsieur Matho.

Fameux HEROS
Au plaisir l'honneur vous meine,
Un doux repos
Suit le danger & la peine.
Les plaisirs les plus doux
Nobles cœurs sont pour vous.

Voicy le jour, ô divine Princesse !
Que demandoit vostre juste tendresse:
Que de plaisir sent vostre cœur
De revoir ce Vainqueur !

CHOEUR

CHOEUR.

Qu'il doit plaire à vos yeux
Ce Vainqueur glorieux !

TRIO.

Ce HEROS glorieux,
Qu'il doit plaire à vos yeux !

LA JOYE ET UN PLAISIR.

Dans sa crainte un veritable amour
Répand des larmes ;
Mais en suite un heureux retour
A plus de charmes.
Aprés qu'on a pleuré dans ses tendres douleurs
De joye & de plaisir on verse aussi des pleurs.

CHOEUR.

La Joye & les Plaisirs
Viennent en ce beau jour combler tous vos desirs.

Les plaisirs les plus doux
Nobles cœurs sont pour vous.

GRAND CHOEUR.

Vous, GRAND ROY, vous, DAUPHIN, digne Fils d'un tel Pere,
Vivez toujours heureux, & triomphez toujours.
Que le Ciel constant à vous plaire
Jamais ne change le cours
De ces beaux jours ;
Vivez, triomphez toujours.

Que vos HEROS naiſſans, que l'Auguſte PRINCESSE
Qui les donne à voſtre tendreſſe,
Poſſedent avec vous ce bonheur plein d'attraits;
Qu'une felicité ſi douce & ſi charmante
Tous les jours s'augmente;
Qu'elle ne finiſſe jamais.

Que rien ne change le cours
De ces beaux jours.
Vivez, triomphez toujours.

FIN.

www.ingramcontent.com/pod-product-compliance
Ingram Content Group UK Ltd.
Pitfield, Milton Keynes, MK11 3LW, UK
UKHW020446220726
13923UKWH00005B/2374

9 782329 066561